T0370510

¡Señora Providencia!

By Mabel Moyano

Aprendiendo a ser uno mismo

Sarah and Ravi

By Daniella Barbery

Aprendiendo a ser uno mismo

iUniverse books may be ordered through booksellers or by contacting:

iUniverse
1663 Liberty Drive
Bloomington, IN 47403
www.iuniverse.com
1-800-Authors (1-800-288-4677)

ISBN: 978-1-6632-0432-5 (sc)
ISBN: 978-1-6632-0433-2 (e)

Library of Congress Control Number: 2020912387

Print information available on the last page.

iUniverse rev. date: 07/20/2020

¡Señora Providencia!

Escrito e ilustrado por Mabel Moyano

**Una de las tantas historias
que mi padre me contaba**

Hace muchos años, en una pequeña granja perdida en el campo de la vieja España, vivía un hombre, su mujer y su joven hijo. El hijo era un joven prometedor. El tiempo llegó cuando necesitaban llevar los vegetales al mercado.

Padre e hijo regularmente hacían el viaje juntos, pero el padre se enfermó. El padre le dijo a su hijo que cargara los vegetales en el carro.

El hijo lo hizo inmediatamente y volvió al lado de su padre a preguntar, "¿Estarás mejor en la mañana, padre?" El padre contesta con pesar: "No, hijo. Esta vez tu eres el hombre que llevará los vegetales al mercado.

"¡Yo no puedo ir sólo, padre! ¡Yo no sé qué hacer solo!"

"Seguro que sabes. Hemos hecho ese viaje muchas veces juntos" dijo el padre en voz calma.

"Pero, ¿qué hago si hay un problema?" pregunta el hijo preocupado

El padre mira por la ventana la noche clara y los campos tranquilos, y en una voz muy queda dijo, "Ah Pedro, mi hijo. Si hay un problema tu sólo tienes que llamar a la Señora Providencia, y ella te ayudará."

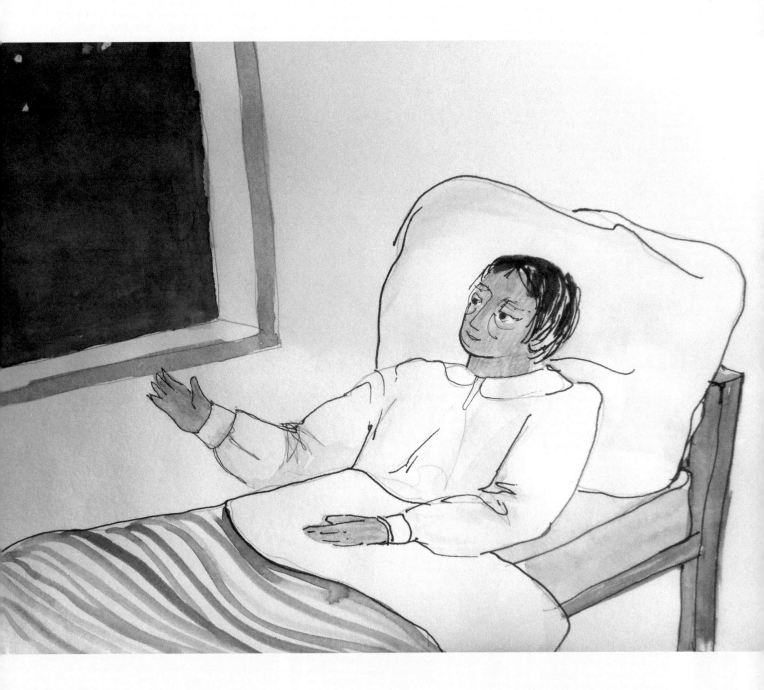

El hijo no estaba convencido de estar listo para el viaje solo, pero tuvo que estar de acuerdo porque necesitaban llevar los vegetales al pueblo. De manera que el próximo día comenzó su viaje con una linda canasta de comida que su madre le había preparado.

La primera parte del camino fue fácil y un lindo sol brillaba, Pedro cantaba alegremente.

17

Pero en la tarde, nubes oscuras cubrieron el cielo y llovió fuerte por un par de horas. El fiel caballo siguió tirando del carro hasta que...

...el camino estaba tan blando por la lluvia, que una rueda del carro quedó encallada y el carro no se pudo mover. Primero, Pedro no sabía qué hacer.

Luego recordó las palabras del padre y empezó a llamar con toda la fuerza de sus pulmones: "¡¡Señora Providencia!! ¡¡Señora ¡¡Providencia!!, ¡¡necesito su ayuda!!".

23

Pedro gritó hasta que se quedó sin voz, sin embargo, la Sra. Providencia nunca llegó. Nadie lo podía escuchar tan lejos de todo. Muy triste y cansado, se sentó al borde del camino y esperó.
Él esperó y esperó.
Esperó y esperó. Él sabía que debía hacer algo antes que cayera la noche. Desde donde estaba sentado, vio unas ramas.

Pedro puso varias ramas cerca de la rueda encallada en el barro. Luego animó al caballo a tirar del carro y pasar sobre las ramas. El carro se movió despacio sobre las ramas. Pedro estaba muy orgulloso de sí mismo, de haber podido resolver el problema cuando nadie vino a ayudarlo.

Se las arregló para llegar al pueblo muy bien y justo en tiempo para vender sus vegetales en el mercado. Después, algunos pueblerinos que conocían a su padre, lo invitaron a comer. Esta buena gente le dio albergue a él y a su caballo esa noche.

Al día siguiente muy temprano, con un carro
liviano, Pedro hizo el viaje fácilmente.

Sus padres se alegraron de verlo de vuelta y de saber que
Pedro había vendido los vegetales por un muy buen precio.

La cena esa noche fue una celebración muy alegre. Pedro estaba contento también, pero quería que sus padres supieran que nadie lo había ayudado. Él le dijo a su padre: "Padre, déjame decirte que el carro se encalló después de la lluvia, y quedé varado en el camino. Yo llamé a la Señora Providencia hasta que me quedé sin voz, y nadie vino. Finalmente, tuve que resolver el problema yo solo."

Su padre, para su sorpresa, largó una risotada y dijo: "Así es como la Señora Providencia trabaja, mi hijo. Así es como la Señora Providencia te ayudó."

Sus padres supieron que el hijo había aprendido bien y que era un hombre en el que podían depender y confiar.

Sarah Y Ravi

Escrito por **Daniella Barbery**

Dedicado a los niños que enseñé
y de los que aprendí.

Estaban los niños sentados frente a Ms. Johnson, su maestra de tercer grado, quien se preparaba para contarles un cuento sobre el día de Acción de Gracias para luego celebrar todos juntos al día siguiente con platos de distintos países del mundo que cada niño deberá traer y compartir.

Ravi, con mucha atención, escuchó el cuento que Ms. Johnson les contó, pero no entendía nada.

Al mirar a su compañerita que se sentaba justo al frente de él, Sarah, que oía el cuento tan concentrada y sus ojitos le brillaban de alegría, Ravi no pudo aguantar y le preguntó:

"¿Por qué estás tan contenta y te gusta tanto esta historia?

¿Que tiene de importante para tí?"

Sarah lo miró con cara muy extrañada y le dijo:

"¿Que no sabes lo que es el Dia de Acción de Gracias y el significado que tiene?"

Ravi le respondió:

"No, no lo sé ya que en mi país no tenemos esta celebración".

Sarah entonces le contó por qué y cómo
se celebra este día y le dijo:

"Hace muchos años que llegaron unos peregrinos desde
muy lejos en un barco llamado Mayflower. Como no tenían
nada para comer, murieron muchos de ellos. Pero luego, se
hicieron amigos de los indios que vivían acá y les enseñaron
a cultivar y cosechar verduras y frutas. De ahí que hicieron
una gran fiesta para celebrar la cosecha y dieron Gracias por
los alimentos que pudieron comer. Hicieron una gran comida
donde tuvieron pavo, papas, verduras, calabaza, frijoles, y
mucho más. Desde ahí que seguimos la tradición de juntarse
las familias y los amigos a celebrar este dia todos los años."

Ravi muy interesado le preguntó entonces:
"¿Y cómo lo celebran en tu familia?"

Sarah le dice: "Bueno, nosotros nos reunimos mis papás, mi hermana mayor Linda y mi hermanito Jeff. Juntos ayudamos a mamá a cocinar, ya que como es un fin de semana largo, vienen a visitarnos mis abuelitos de Georgia y mis tíos de Pensilvania."

"Y qué comen?" preguntó Ravi.

"Bueno, comemos pavo y lo acompañamos con
puré de papas, papa dulce, maíz, y frijoles asados,
es una gran comida." le contestó Sarah.

"Pero antes de empezar la cena, papá hace una oración y
dá las Gracias a Dios por la comida que vamos a recibir
y por estar todos juntos en familia." agregó Sarah.

44

"Qué bonita celebración. Nosotros también tenemos otra celebración que se llama Pongal." dijo Ravi.

"¿De dónde eres tú?" Sarah le preguntó. "Yo soy de una zona llamada Tamil Nadu en Sri Lanka y allá celebramos Pongal" le contestó Ravi.

"¿Qué es Pongal?"

"Bueno, Pongal es un plato típico que se come al desayuno y que se cocina con arroz cocido, leche y jaggery y se hierve hasta que comienzan a saltar, signo de buena suerte. Y este desayuno de come durante la fiesta del festival de la cosecha." Ravi le contó a Sarah.

"Y ¿qué hacen en este festival?" dice Sarah.

"Durante este festival damos gracias a la lluvia y al Sol por las cosechas que tuvimos y los primeros granos se los ofrecemos al Dios del Sol. Damos gracias al ganado que ayudó a la cosecha también." Le cuenta Ravi.

"Y en tu casa, tu familia ¿qué hace?", le sigue preguntando Sarah muy interesada.

"Bueno, a las casas las decoramos con hojas de banana y mango y con una mezcla de harina de arroz, hacemos decoraciones en el piso para que se vea bonito."

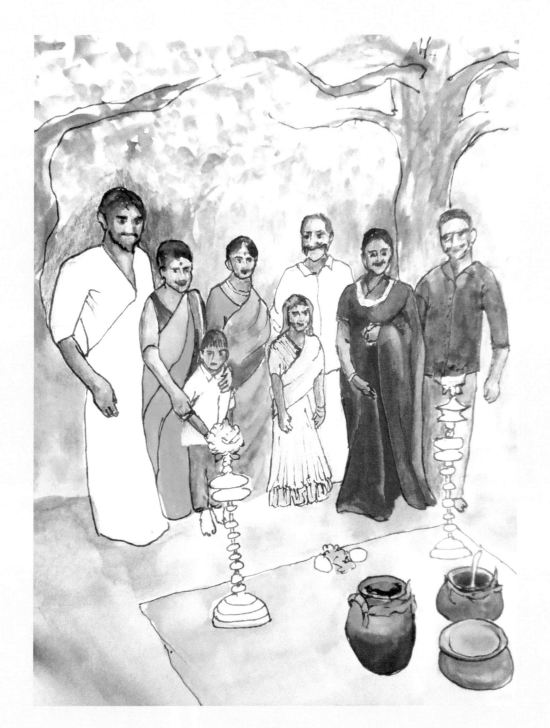

"Qué lindo debe de ser. Entonces ustedes también tienen algo para celebrar y dar gracias," dijo Sarah.

"Si, me doy cuenta que todos los países tienen distintas festividades y celebraciones para agradecer por algo, solo que tienen distintos nombres. Ahora sí tengo una razón y entiendo por qué debo celebrar el día de Acción de Gracias acá con ustedes." dijo Ravi.

Sarah y Ravi estaban tan felices y emocionados de que al día siguiente traería algo típico de su país para compartir con sus compañeros y su maestra.

Al llegar a casa, Ravi le contó a sus padres lo que hoy había aprendido en la escuela, el significado y la importancia del Dia de Acción de Gracias y le dijo a su mamá que debía llevar un plato típico de Sri Lanka.

Al día siguiente, cuando Ravi llegó a la escuela y le entrega a Ms. Johnson su plato típico, se siente muy orgulloso de ser de Sri Lanka y que al mismo tiempo poder entender y compartir la misma alegría y emoción que Sarah y el resto de sus amigos el significado del Dia de Acción de Gracias y la importancia que éste tiene.

Printed in the United States
By Bookmasters